CRIANÇA DAGORA É FOGO

CARLOS DRUMMOND DE ANDRADE

CRIANÇA DAGORA É FOGO

nova edição

EDITORA RECORD
RIO DE JANEIRO • SÃO PAULO
2022

CONSELHO EDITORIAL
Afonso Borges, Edmílson Caminha,
Livia Vianna, Luis Mauricio Graña Drummond,
Pedro Augusto Graña Drummond,
Roberta Machado, Rodrigo Lacerda
e Sônia Machado Jardim

DESIGN DE CAPA
Leonardo Iaccarino

IMAGEM DE CAPA
Grezova Olga/Shutterstock

ILUSTRAÇÕES DE MIOLO
Mayara Lista

AUTOCARICATURAS CDA
1953 (orelha); sem data (p. 79)

CIP-BRASIL. CATALOGAÇÃO NA PUBLICAÇÃO
SINDICATO NACIONAL DOS EDITORES DE LIVROS, RJ

A566c
2. ed.

Andrade, Carlos Drummond de, 1902-1987
Criança dagora é fogo / Carlos Drummond de Andrade. – 2. ed. –
Rio de Janeiro: Record, 2022.

ISBN 978-65-5587-508-9

1. Ficção. 2. Literatura infantojuvenil brasileira. I. Título.

22-77174

CDD: 808.899282
CDU: 82-93(81)

Meri Gleice Rodrigues de Souza - Bibliotecária - CRB-7/6439

Carlos Drummond de Andrade © Graña Drummond
www.carlosdrummond.com.br

Todos os direitos reservados. Proibida a reprodução, armazenamento ou transmissão de partes deste livro, através de quaisquer meios, sem prévia autorização por escrito.

Texto revisado segundo o novo Acordo Ortográfico da Língua Portuguesa.

Direitos exclusivos desta edição reservados pela
EDITORA RECORD LTDA.
Rua Argentina, 171 – Rio de Janeiro, RJ – 20921-380 – Tel.: (21) 2585-2000.

Impresso no Brasil

ISBN 978-65-5587-508-9

Seja um leitor preferencial Record.
Cadastre-se em www.record.com.br
e receba informações sobre nossos
lançamentos e nossas promoções.

Atendimento e venda direta ao leitor:
sac@record.com.br

Sumário

No restaurante	07
Na delegacia	13
Na estrada	21
Tareco, Badeco e os garotos	27
Caso de escolha	35
Serás Ministro	41
O segredo do cofre	47
A menininha e o gerente	53
A outra senhora	59
A boca, no papel	67
Fontes	73
Carlos Drummond de Andrade	77

No
RESTAURANTE

— Quero lasanha.

Aquele anteprojeto de mulher – quatro anos no máximo, desabrochando na ultraminissaia – entrou decidido no restaurante. Não precisava de menu, não precisava de mesa, não precisava de nada. Sabia perfeitamente o que queria. Queria lasanha.

O pai, que mal acabara de estacionar o carro em uma vaga de milagre, apareceu para dirigir a operação-jantar, que é, ou era, da competência dos senhores pais.

— Meu bem, venha cá.

— Quero lasanha.

— Escute aqui, querida. Primeiro, escolhe-se a mesa.

— Não, já escolhi. Lasanha.

Que parada – lia-se na cara do pai. Relutante, a garotinha condescendeu em sentar-se primeiro, e depois encomendar o prato:

— Vou querer lasanha.

— Filhinha, por que não pedimos camarão? Você gosta tanto de camarão.

— Gosto, mas quero lasanha.

— Eu sei, eu sei que você adora camarão. A gente pede uma fritada bem bacana de camarão. Tá?

— Quero lasanha, papai. Não quero camarão.

— Vamos fazer uma coisa. Depois do camarão, a gente pede uma lasanha. Que tal?

— Você come camarão e eu como lasanha.

O garçom aproximou-se, e ela foi logo instruindo:

— Quero uma lasanha.

O pai corrigiu:

— Traga uma fritada de camarão pra dois. Caprichada.

A coisinha amuou. Então não podia querer? Queriam querer em nome dela? Por que é proibido comer lasanha? Essas interrogações também se liam no seu rosto, pois os lábios mantinham reserva. Quando o garçom voltou com os pratos e o serviço, ela atacou:

— Moço, tem lasanha?

— Perfeitamente, senhorita.

O pai, no contra-ataque:

— O senhor providenciou a fritada?

— Já, sim, doutor.

— De camarões bem grandes?

— Daqueles legais, doutor.

— Bem, então me vê um chinite, e pra ela... O que é que você quer, meu anjo?

— Lasanha.

— Traz um suco de laranja pra ela.

Com o chopinho e o suco de laranja, veio a famosa fritada de camarão, que, para surpresa do restaurante inteiro, interessado no desenrolar dos acontecimentos, não foi recusada pela senhorita. Ao contrário, papou-a, e bem. A silenciosa manducação atestava, ainda uma vez no mundo, a vitória do mais forte.

— Estava uma coisa, hem? – comentou o pai, com um sorriso bem-alimentado. — Sábado que vem a gente repete... Combinado?

— Agora a lasanha, não é, papai?

— Eu estou satisfeito. Uns camarões geniais! Mas você vai comer mesmo?

— Eu e você, tá?

— Meu amor, eu...

— Tem de me acompanhar, ouviu? Pede a lasanha.

O pai baixou a cabeça, chamou o garçom, pediu. Aí, um casal, na mesa vizinha, bateu palmas. O resto da sala acompanhou. O pai não sabia onde se meter. A garotinha, impassível. Se, na conjuntura, o poder jovem cambaleia, vem aí, com força total, o poder ultrajovem.

Na
DELEGACIA

— Madame, queira comparecer com urgência ao Distrito. Seu filho está detido aqui.

— Como? O senhor ligou errado. Meu filho detido? Meu filho vive há seis meses na Bélgica, estudando Física.

— E a senhora só tem esse?

— Bom, tenho também o Caçulinha, de dez anos.

— Pois é o Caçulinha.

— O senhor está brincando comigo. Não acho graça nenhuma. Então um menino de dez anos foi parar na Polícia?

— Madame vem aqui e nós explicamos.

A senhora correu ao Distrito, apavorada. Lá estava o Caçulinha, cabeça baixa, silencioso.

— Meu filho, mas você não foi ao colégio? Que foi que aconteceu?

Não se mostrou inclinado a responder.

— Que foi que meu filho fez, seu comissário? Ele roubou? Ele matou?

— Estava com um colega fazendo bagunça numa casa velha da Rua Soares Cabral. Uma senhora que mora em frente telefonou avisando, e nós trouxemos os dois para cá. O outro garoto já foi entregue à mãe dele. Mas este diz que não quer voltar para casa.

A mãe sentiu uma espada muito fina atravessar-lhe o peito.

— Que é isso, meu filho? Você não quer voltar para casa?

Continuava mudo.

— Eu disse a ele, madame – continuou o comissário –, que se não voltasse para casa teria de ser entregue ao Juiz de Menores. Ele me perguntou o que é o Juiz de Menores. Eu expliquei, ele disse que ia pensar.

— Meu filho, meu filhinho – disse a senhora, com voz trêmula –, então você não quer mais ficar com a gente? Prefere ser entregue ao Juiz de Menores?

Caçulinha conservava-se na retranca. O policial conduziu a senhora para outra sala.

— O que esses garotos estavam fazendo é muito perigoso. Brincavam de explorar uma casa abandonada, onde à noite dormem marginais. Madame compreende, é preciso passar um susto nos dois.

A senhora voltou para perto de Caçulinha, transformada:

— Sai daí já, seu vagabundo, e vamos para casa.

O mudo recuperou a fala:

— Eu não posso voltar, mãe.

— Não pode? Espera aí que eu te dou não-pode.

E levou-o pelo braço, ríspida. Na rua, Caçulinha tentou negociar.

— A senhora me deixa passar na Soares Cabral? Deixando, eu volto direito para casa, não faço mais besteira.

— Passar na Soares Cabral, depois desse vexame? Você está louco.

— Eu preciso, mãe. Tenho de pegar uma coisa lá.

— Que coisa?

— Não sei, mas tenho de pegar. Senão me chamam de covarde. Aceitei o desafio dos colegas, e se não trouxer um troço da casa velha para eles, fico desmoralizado.

— Que troço?

— O pessoal diz que lá dentro tem ferros de torturar escravo, essas coisas de antigamente. Eu e o Edgar estávamos procurando, ele mais como testemunha, eu como explorador. Mãe, a senhora quer ver seu filho sujo no colégio, quer? Tenho de levar nem que seja um pedaço de cano velho, uma fechadura, uma telha.

A mãe estacou para pensar. Seu filho sujo no colégio? Nunca. Mas, e o perigo dos marginais? E a polícia? E seu marido? Vá tudo para o inferno. Tomou uma resolução macha, e disse para Caçulinha:

— Quer saber de uma coisa? Eu vou com você à Soares Cabral.

Na
ESTRADA

O moço de coração simples estava à beira da estrada, vendo passarinho voar. Passou a destino, bateu-lhe no ombro e disse:

— Vai brincar.

— Eu estou brincando – respondeu o rapaz.

— Vai brincar com os pés e com as pernas, pois para isso nasceste.

O jovem foi para a cidade e pediu que o deixassem ficar em companhia dos outros, num lugar onde se brincava de movimento.

— Nunca poderás brincar direito – observaram os entendidos, examinando-lhe o corpo. — Tens pernas arqueadas. Pernas arqueadas são grande empecilho na vida.

E mandaram-no embora. Foi a outros lugares, ouviu a mesma resposta. Um dia, sem reparar em suas pernas, deixaram-na ficar e brincar.

Brincou melhor do que todos os que tinham pernas clássicas. Seu brinquedo era diferente de qualquer outro; brinquedo mágico, dentro do brinquedo comum, dava a quem o via uma felicidade intensa.

— Ninguém na terra brinca melhor do que este – disse a voz pública, maravilhada.

Os entendidos não explicavam por quê. Ninguém explicava. Poetas celebraram-no.

— Conta, conta – pediam-lhe em toda parte. — Por que és maravilhoso?

Sua cabeça, como seu coração, era simples. Ele não tinha o que responder, senão brincar mais e melhor ainda.

Foi levado para outros países, e assombrava os povos pelo mistério das pernas cambotas, que sabiam bailar e enganar, enganar e bailar.

A glória o perturbará, profetizavam alguns. Com a glória perderá a inocência.

A glória não o perturbou; era simples o menino grande, brincando mais engraçado que os outros, e nisso se comprazia.

Com a fama, ganhou montes de dinheiro. O dinheiro o perturbará, sentenciaram outros. Entretanto não querendo preocupar-se, passou-o a quem sabe guardá-lo e multiplicá-lo, e, fugindo aos prazeres da dissipação e da soberba, reservou-se o prazer do brinquedo.

Aí veio o amor, e disse:

— Eu venço este homem.

Fê-lo escutar uma canção, tornou-o inquieto. O rapaz começou a viajar de um lugar para outro, a esconder-se dos companheiros e de si mesmo, a falar muito e com acidez. Reclamava atenções e mais dinheiro, sempre mais, alegando que merecia. E ameaçava.

Ele tem razão, afirmavam uns. Não tem razão, proclamavam outros. Já não é o mesmo, queixava-se esta; ouviu o canto da sereia. Aquela replicava: ele precisa é de amizade.

Chamaram-no de mentiroso, de ingrato e de vítima. Dois grandes partidos se formaram em torno, incentivando-o, enxovalhando-o. Sua intimidade foi fotografada como objeto público. E ele parou de brincar. A felicidade que distribuía a todos está suspensa. Enquanto isso, à beira da estrada, ele espera que o destino passe de novo, pouse a mão em seu ombro e lhe diga o que será de sua vida. É preciso que ouça outra vez:

— Vai brincar, pois para isso nasceste.

Tareco, Badeco
e os garotos

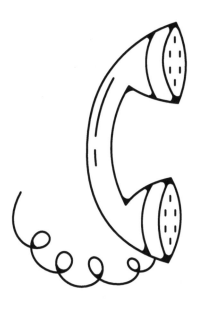

Sete da matina, está o homem em sua lavoura, lavourando. A roça é um pequeno escritório, no qual tem de tirar sempre alguma coisa da cabeça ou do coração, para botá-la no papel. O telefone toca.

A vozinha de cinco anos, feminina, pergunta quem fala. Ele diz o número. Ela pede o nome.

— Tareco – é o nome que lhe ocorre, de brincadeira.
— E o seu, qual é?
— Gláucia Regina.
— Que que você quer, Gláucia Regina?
— Bater papo. Você tá bom, Tareco?
— Mais ou menos, Glaucinha. E você?
— Tudo bem. Espera um pouco, meu irmão vai falar com você.

A voz do irmão, jeito de uns dois anos mais velho, já veio informada:

— Oi, Tareco. Eu sou o Aldo Roberto.
— Bom dia, Aldo Roberto. Como é, tudo bem?
— Tudo bem, Tareco.
— Que que você quer?

— Eu? Nada. Bater papo com você.
— Papo sobre quê?
— Sobre nada, ué. Papo.
— Alguém mandou você telefonar pra mim?
— Não. Eu abri o livro, achei esse número, Glaucinha discou. A gente gosta de fazer isso.
— Bem, Aldo Roberto, agora eu estou meio ocupado. Vou desligar. Desculpe, tá?
— Tá. *Ciao*, Tareco.

Meia hora depois, continuando o homem em seu roçado, outra vez Gláucia Regina ao telefone.
— Tareco?
— Não. Agora é Badeco – o homem improvisa. — Tareco foi embora.
— Pra onde ele foi?
— Virou balão e saiu por aí. Subiu, subiu, depois estourou.
— E depois?
— Depois os pedacinhos viraram pé direito de sapato, e o pé direito caiu embaixo da pitangueira.
— Assim ele não cresce mais!
— É, sapato não cresce; achata.
— Diminui. O meu apanhou chuva e encolheu. Pera aí, que meu irmão vai falar com você.

A vez de Aldo Roberto:
— Tareco-Badeco? Minha irmã disse que um de vocês deu no pé e virou não sei o quê, é mesmo?

— É sim. Mas qual é? Por que você não vai à praia, garoto?

— Eu vou. Você também vai?

— Hoje não posso. Domingo que vem.

— Então tá. Domingo que vem eu encontro você lá. Olha, eu vou de calção azul.

— OK.

— Olha, eu sou meio sardento. Tenho sarda até na ponta do nariz. Assim é fácil você me reconhecer. Você também tem sarda, Badeco?

O homem faz ligeiro autorretrato, omitindo a idade. Aldo Roberto dá-se por satisfeito, e *ciao*.

Mais alguns minutos, de novo Gláucia Regina e Aldo Roberto voltam a atacar. Ele informa que Gláucia Regina ainda não sabe como vai à praia no domingo: se de biquíni vermelho ou de tanguinha azul-clara. Ela não é sardenta, usa franjinha e rabo de cavalo.

— Escute uma coisa, garoto. Sua mãe sabe que vocês telefonam para mim?

— Sabe.

— E que foi que ela disse?

— Ela disse que tá legal, mas que eu não posso dar meu sobrenome nem endereço. Disse pra minha irmã também.

— E você prometeu?

— Eu prometi. Mas disse que você é meu amigo, Badeco.

— Mas por que é que eu sou seu amigo, Aldo Roberto?

— Ah, não sei. Mas é.

— E como foi que vocês guardaram meu número?

— Eu risquei a lápis no livro.

— Não tem ninguém aí em casa com vocês dois?

— Mamãe saiu agora mesmo. Tem a babá de minha irmã.

— Chame a babá.

O homem pergunta à babá que história é essa de duas crianças telefonarem a todo instante para conversa mole com um desconhecido.

— É isso aí, sim senhor. Eles gostam, brincam de telefone que é uma loucura. A patroa diz que não faz mal, desde que eu vigie a conversa. O patrão é que não gosta muito, diz que aumenta esse tal impulso, o senhor sabe, né? Eles têm muitos amigos de telefone. O senhor é o seu Tareco, desculpe, o seu Badeco, pois não? Seu Badeco, muito prazer em conhecê-lo. O senhor não repare, criança dagora é fogo!

Caso
de escolha

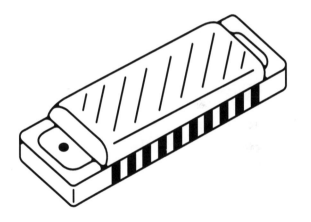

O padrinho foi ao colégio, na Muda, e tirou Guilherme para passear. Olhos de inveja do irmão, também interno, mas sem direito a sair, porque seu comportamento era do tipo "deixa muito a desejar", na linguagem do padre-reitor. Desejar o quê – ele não sabia. Sabia que o irmão ia gozar a vida lá fora, ar, ruas, cinemas, tudo aquilo que vale a pena, enquanto ele, Gustavo, continuaria mergulhado no mar-morto do pátio, dos corredores, do nhe-nhe-nhem cotidiano.

Guilherme tinha planos para a emergência, e todos se resumiam em tirar o máximo possível da liberalidade do padrinho.

— O senhor me dá um presente de aniversário?

— Seu aniversário é daqui a oito meses.

— É, mas...

— Bem, eu dou.

O padrinho propôs-lhe um blusão alinhado, mas ele entendia que roupa é obrigação de pai e mãe – não vale. Livro também não. Nas férias aceitaria a coleção de *science fiction*, mas em pleno ano letivo, para descanso de tanta labuta no campo da ciência e das letras, o que lhe convinha mesmo era um brinquedo bem legal.

— Brinquedo? Mas você pode brincar com essas coisas no colégio?

— Posso.

Talvez não pudesse, mas isso eram outros quinhentos. Foram à loja de brinquedos. O problema era escolher entre o trem elétrico, o foguete cósmico, a caixa de aquarela, o equipamento de Bat Masterson, o cérebro eletrônico e outras infinitas tentações.

— Vamos, escolhe – dizia o padrinho, disposto a tudo, menos a esperar.

Ele comparava, meditava, decidia, arrependia-se. E como era impossível levar todos os brinquedos que o atraíam, pois cada um tinha seu inconveniente, que era não ter as qualidades dos demais, repeliu todos:

— Quero aquela gaitinha. Aquela verde, ali.

O padrinho fez-lhe a vontade, sem compreender. Uma bobagem de oitenta cruzeiros!

No colégio, Gustavo queria saber. E sabendo escarneceu:

— Você é mesmo uma besta. Tanta coisa bacana para escolher, e vem com esta gaitinha mixa.

Guilherme quis provar que não era mixa coisa nenhuma, tinha um engaste de pedrinhas faiscantes, som espetacular. O irmão voltou-lhe as costas com desprezo:

— Palhaço!

Ah, se fosse com ele... E Gustavo passou a comportar-se melhor, na esperança de também ir à cidade.

Um dia o padrinho dele apareceu, saíram. Aplicou o golpe do aniversário. O padrinho, igual a todos os padrinhos do mundo, pensou em oferecer-lhe um blusão alinhado. Recusou, e foram parar na loja de brinquedos.

Gustavo olhou superiormente para o monte de coisas que derrotara Guilherme. Sabia escolher, e preferiu logo a metralhadora japonesa. Mas pensou que se cansaria depressa do seu papoco; trocou-a por um marciano com bateria; os marcianos passam de moda; quem sabe se esse laboratório de química? Não, chega a química do programa. Foi escolhendo, refugando, substituindo. O padrinho consultava o relógio: "Escolhe, menino!" Era preciso escolher para sempre. E nada lhe agradava para sempre, nada valia verdadeiramente a pena. Com angústia lembrou-se do irmão, procurou aflito uma coisa no milheiro de coisas e, apontando-a, murmurou:

— Quero aquela gaitinha.

Serás Ministro

— Esse vai ser ministro – sentenciou o pai, logo que o garoto nasceu.

— E você, com esse ordenado mixo de servente, tem lá poder pra fazer nosso filho ministro? – duvidou a mãe.

— Então, só porque meu ordenado é mixo ele não pode ser ministro? A Rádio Nacional deu que Abraão Lincoln trabalhava de cortar lenha no mato, e chegou a Presidente dos Estados Unidos.

— Isso foi nos Estados Unidos.

— E daí? Nem eu estou querendo tanto pra ele. Só quero uma de Ministro.

— Tonzinho, deixa isso pra lá.

— Pra começar, a gente convida o Ministro pra padrinho dele.

— O Ministro não vai aceitar.

— Não vai por quê? Trabalho no gabinete há dois anos.

— Ele é muito importante, filho.

— Por isso mesmo. Com padrinho importante, o garotinho começa logo a ser importante.

— O Ministro é tão ocupado, você mesmo diz. Vê lá se tem tempo pra batizar filho de pobre.

— Pois sim. Ele me trata com toda a consideração, de igual pra igual. Hoje mesmo eu faço o convite.

Fez. O Ministro não pôde comparecer, mas enviou representante. Era quase a mesma coisa. Na hora de dizer o nome do menino, o pai não vacilou; disse bem sonoro:

— Ministro.

— Como? – estranhou o padre.

— Ministro, sim senhor.

A mulher ia atalhar: "Tonzinho, não foi Antônio de Fátima que a gente combinou?", mas era tarde.

No cartório, também estranharam:

— Ministro por quê?

— Porque eu escolhi. Acho lindo.

— Não é nome próprio.

— Pois eu cá acho muito próprio. Não tem aí uma família chamada Ministério, aliás com pessoas distintas, médicos, dentistas etc.?

— Tem.

— Pois então. Meu filho é Ministro, só isso: Ministro Alves da Silva, futuro cidadão útil à Pátria. Tem alguma coisa demais?

O garoto registrou-se. Cresceu. Na escola, a princípio achavam-lhe graça no nome. Parecia apelido. Depois, o costume. Há nomes mais estranhos.

Ministro não era o primeiro da classe, também não foi dos últimos.

Já moço, o leque das opções não se abriu para ele. Entre o ofício sem brilho e o andar térreo da burocracia, acabou sendo, como o pai, servente de repartição. Promovido a contínuo.

— Eu não disse? - festejou o pai. — Começou a subir.

O máximo que subiu foi trabalhar no gabinete do Ministro.

— Ministro, o Sr. Ministro está chamando.

— Ministro, já providenciou o cafezinho do Sr. Ministro?

— Sabe quem telefonou pra você, Ministro? A senhora do Sr. Ministro. Diz que você prometeu ir lá consertar umas goteiras e esqueceu.

— Ministro! Roncando na hora do expediente?

Começaram os equívocos:

— Telefonema para o Ministro.

— Qual? O Ministro ou o Sr. Ministro?

— Este Ministro é um cretino! Me fez esperar uma hora nesta poltrona.

— Perdão, Deputado, o senhor está ofendendo o Sr. Ministro.

— Eu? Eu? Estou me referindo a esse animal, esse...

Até que se apurasse que o animal era Ministro, o contínuo - que confusão!

O Ministro de Estado, ciente da confusão, recomendou ao assessor:

— Faça esse homem trocar de nome.

— Impossível, Sr. Ministro. É o seu título de honra.

— Então suma com ele da minha vista.

Mandaram-no para uma vaga repartição de vago departamento. Queixou-se ao pai, aposentado, que isso de se chamar Ministro não conduz a grandes coisas e pode até atrasar a vida.

— Ora, meu filho, hoje no bueiro, amanhã no Pão de Açúcar. E você não tem de que se queixar. Num momento em que tanta gente importante sua a camisa pra ser Ministro, e fica olhando pro céu pra ver se baixa um signo do astral, você já é, você sempre foi Ministro, de nascença! de direito! E não depende de Governo nenhum pra continuar a ser, até a morte!

Abraçaram-se chorando.

O SEGREDO DO COFRE

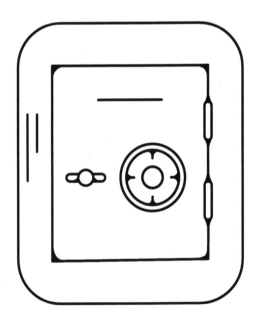

A casa, construída há séculos, ou pelo menos há sessenta anos, tinha uma curiosidade: o cofre de aço embutido na parede, com fechadura de segredo. Ninguém tomava conhecimento da peça; as joias da nova dona eram poucas e não exigiam tamanho resguardo; e o dinheiro do dono cabia folgadamente no bolso, esse cofre sem segredo dos pobres.

Com o tempo, aquilo foi esquecido. Mas um dia, o menino de fora instalou-se na casa, para passar férias e empreender algumas demolições. Findos os atrativos da primeira semana, aquele dínamo em forma de gente começou a explorar o desconhecido, e, à noite, descobriu o cofre, dissimulado por trás de um quadrinho a óleo.

— Vô, quero abrir esse cofre.

— Menino, deixa o cofre sossegado.

— Como é que você deixa um cofre trancado esse tempo todo, sem ver o que tem dentro?

— Não tem nada.

— Deixa ver.

— Perdi a chave, depois eu procuro.

— Não, é agora.

— Sei lá onde eu botei a explicação do segredo.

— Procura também. Se não achar, a gente roda o botão até descobrir como é que é.

Para escapar a uma chateação, o jeito é nos resignarmos a outra. Os troféus foram encontrados depois de intensa busca: a chave, numa pirâmide de coisas enferrujadas, que toda casa conserva sem objetivo aparente; a explicação, dentro da lista amarela de telefones, que se consulta quando se quer comprar não se sabe o que a não se sabe quem, não se sabe onde.

— Fique quietinho aí que eu vou abrir esse cofre para você ver.

— Mas eu queria...

— Menino! Você não se enxerga?

O Homem subiu à mesa, tirou o abajur para ver melhor. Sentou-se, acocorou-se, ajoelhou-se, transpirou. Nada. Os números do botão móvel do cofre estavam apagados pelo tempo, a vista do Homem era curta, cansada.

— Meu pai me contou que os ladrões usam talco – informou o garoto.

— Besteira. Em todo caso, me arranje a lata de talco.

Pois não é que clareia mesmo, aviva os números?

— Onde que teu pai aprendeu essa malandragem?

— Meu pai sabe, ora.

O Homem cumpriu religiosamente os itens da explicação da Casa Vulcano: três voltas para a direita, parar no 25, uma volta para a esquerda, parar no 37, voltar novamente para a direita até encontrar o 12. Nada. Com o calor e a luz no rosto, era de amargar.

O menino sorria:

— Você não está vendo que esse cofre não pode abrir porque foi pintado a óleo e as frinchas estão tapadas?

— É mesmo, confessa o Homem. Não tinha reparado. Agora me lembro que quando mandei pintar a casa... Com uma gilete eu raspo isso.

Vendo que gilete não resolvia, e antes que o Homem, já nervoso, ficasse sem dedo, o garoto apareceu com uma raspadeira fina e um martelo.

— Experimenta isso, vô. É mais prático.

Era. Mas uma ponta da raspadeira, manejada pela mão inábil do Homem, quebrou-se e ficou no interstício, atrapalhando.

— Por hoje chega, sabe? Amanhã mando chamar o serralheiro para ver essa porcaria. E o senhor aí vá dormir, que não é hora de menino de nove anos ficar acordado.

Era tão absurdo ir para a cama, diante de um cofre rebelde, que a resposta do garoto foi voltar à caixa de ferramentas, tirar um pequeno alicate e dizer:

— Deixa por minha conta.

Subiu à mesa com ar resoluto, acenou para o Homem: "Afasta", e, num gesto leve, fisgou a pontinha encravada. Verificando que os espaços estavam desobstruídos, fez girar a maçaneta. O cofre abriu-se docilmente, como uma blusa.

Dentro, no meio de cartas e programas antiquíssimos de cinema, tinha um dólar de prata, de 1920.

— É meu – disse o vencedor, embolsando-o imediatamente. Para espanto do Homem, que jamais soubera existir na parede de sua casa um dólar de prata.

A MENININHA
E O GERENTE

— Não, paizinho, não! Quero ir com você!

— Mas meu bem, não posso levar você lá. O lugar não é próprio. Não vou demorar nada, só dez minutos. Seja boazinha, fique me esperando aqui.

— Não, não! - a garotinha soluçava. Agarrou-se à calça do pai como quem se agarra a uma prancha no mar. Ele insistia:

— Que bobagem, uma menina da sua idade fazendo um papelão desses.

— Você não volta!

— Volto, ora essa, juro que volto, meu amor.

Prometendo, ele passeava o olhar pela rua, impaciente. Ela baixara a cabeça, chorando. Estavam diante da papelaria. O gerente assistia à cena. O homem aproximou-se dele:

— Faz-me o obséquio de tomar conta de minha filha por alguns instantes? Vou a um lugar desagradável e não posso levá-la comigo.

— Mas...

— Quinze minutos no máximo. É ali adiante. Muito obrigado, hem?

E sumiu. A garotinha continuava de olhos baixos, imóvel, dorso da mão esquerda junto à boca. O gerente passou-lhe a mão nos cabelos, de leve.

— Vem cá.

Ela não se mexeu.

— Como é que você se chama? Carmem? Luísa? Marlene?

Como não respondesse, o gerente foi desfiando nomes, sem esperança de acertar. Mas ao dizer "Estela", a cabecinha moveu-se, confirmando.

— Estela, você sabe que está com um vestido muito bonito?

Estela tirou a mão dos olhos, examinou o próprio vestido e não disse nada.

Mas o gelo fora rompido. Daí a pouco o gerente mostrava-lhe a caixa registradora e autorizava-a a marcar uma venda de duzentos cruzeiros.

— Olha um gatinho. Ele mora aqui?

— Mora.

— E que é que ele come?

— Papel.

— Mentiroso!

— Então pergunte a ele.

O gato acordou, deixou-se afagar e tornou a dormir, desta vez nos braços de Estela.

O gerente olhou o relógio; tinham se passado quinze minutos, o homem não aparecia. "Bonito se ele não vier mais. O que eu vou fazer com esta garotinha, na hora de fechar?"

Tentou lembrar o rosto do desconhecido, impossível. Já pensava em telefonar para a polícia, quando Estela o puxou pela perna:

— Além da máquina e do gatinho, você não tem mais nada para me mostrar?

Ele abarcou com a vista a loja toda e sentiu-a mal sortida, pobre. "Eu devia ter aberto uma loja de brinquedos, pelo menos um bazar." Experimentou com Estela o apontador de lápis, o grampeador. E o homem não vinha. É, não vem mais. Estela andava de um lado para o outro, dona do negócio. Ele, inquieto.

— Não mexa nas gavetas, filhinha.
— Não sou sua filhinha.
— Desculpe.
— Desculpo se você deixar eu abrir.
— Então deixo.

Dentro havia balões, estrelinhas, saldo do último Natal. E ele que não se lembrava daquilo. Estela riu de sua ignorância, e o homem não vinha. O movimento de fregueses declinava. Na calçada, as filas de lotação iam crescendo. Daí a pouco, a noite.

Estela soprou um balão, outro, quis soprar dois ao mesmo tempo. Um estourou. Ela assustou-se. Ele riu.

"Se o homem não aparecesse mais, que bom! Aliás a cara dele era de calhorda. Ainda bem que me escolheu." Levaria Estela para casa, a mulher não ia estranhar, fariam dela uma filha – a filha que praticamente não tinham mais, pois casara e morava longe, no Peru. E se o pai reclamasse depois? Ora, quem entrega sua filha a um estranho, diz que vai demorar quinze minutos, passa uma hora e não volta, merece ter uma filha?

O empregado arriava a cortina de aço quando apareceram duas pernas, um tronco inclinado, uma cabeça.

— Dá licença? Demorei mais do que pensava, desculpe. Muito obrigado ao senhor. Vamos, filhinha.

O gerente virou o rosto, para não ver, mas chegou até ele a despedida de Estela:

— Até logo, homem do balão!

E a filha ficou mais longe ainda, no Peru.

A OUTRA SENHORA

A garotinha fez esta redação no ginásio:

"Mammy, hoje é Dia das Mães e eu desejo-lhe milhões de felicidades e tudo mais que a sra. sabe. Sendo hoje o Dia das Mães, data sublime conforme a professora explicou o sacrifício de ser Mãe que a gente não está na idade de entender mas um dia estaremos, resolvi lhe oferecer um presente bem bacaninha e fui ver as vitrinas e li as revistas. Pensei em dar à sra. o radiofono hi-fi de som esteorofônico e caixa acústica de dois alto-falantes amplificador e transformador mas fiquei na dúvida se não era preferível uma TV legal de cinescópio multirreacionário som frontal, antena telescópica embutida, mas o nosso apartamento é um ovo de tico-tico, talvez a sra. adorasse o transistor de três faixas de ondas e quatro pilhas de lanterna bem simplesinho, levava para a cozinha e se divertia enquanto faz comida. Mas a sra. se queixa tanto de barulho e dor de cabeça, desisti desse projeto musical, é uma pena, enfim trata-se de um modesto sacrifício de sua filhinha em intenção da melhor Mãe do Brasil.

Falei de cozinha, estive quase te escolhendo o grill automático de seis utilidades porta de vidro refratário e completo controle visual, só não comprei-o porque diz que esses negócios eletrodomésticos dão prazer uma semana, chateação o resto do mês, depois encosta-se eles no armário da copa. Como a gente não tem armário de copa nem copa, me lembrei de dar um, serve de copa, despensa e bar, chapeado de aço tecnicamente subdesenvolvido. Tinha também um conjunto para cozinha de pintura porcelanizada fecho magnético ultrassilencioso puxador de alumínio anodizado, um amoreco. Fiquei na dúvida e depois tem o refrigerador de dezessete pés cúbicos integralmente utilizáveis, congelador cabendo um leitão ou peru inteiro, esse eu vi que não cabe lá em casa, sai dessa!

Me virei para a máquina de lavar roupa sistema de tambor rotativo mas a sra. podia ficar ofendida deu querer acabar com a sua roupa lavada no tanque, alvinha que nem pomba branca, Mammy esfrega e bate com tanto capricho enquanto eu estou no cinema ou tomo sorvete com a turma. Quase entrei na loja para comprar o aparelho de ar-condicionado de três capacidades, nosso apartamentinho de fundo embaixo do terraço é um forno, mas a sra. vive espirrando, o melhor é não inventar moda.

Mammy, o braço dói de escrever e tinha um liquidificador de três velocidades, sempre quis que a sra. não tomasse trabalho de espremer laranja, a máquina de tricô faz quinhentos pontos, a sra. sozinha faz muito mais. Um secador de cabelo para Mammy!, gritei, com capacete plástico mas passei adiante, a sra. não é desses luxos, e a poltrona anatômica me tentou, é um estouro, mas eu sabia que minha Mãezinha nunca tem tempo de sentar. Mais o quê? Ah sim, o colar de pérolas acetinadas, caixa de talco de plástico perolado, par de meias etc. Acabei achando tudo meio chato, tanta coisa para uma garotinha só comprar e uma pessoa só usar, mesmo sendo a Mãe mais bonita e merecedora do Universo. E depois, Mammy, eu não tinha nem vinte cruzeiros, eu pensava que na véspera deste Dia a gente recebesse não sei como uma carteira cheia de notas amarelas, não recebi nada e te ofereço este beijo bem beijado e carinhosão de tua filhinha *Isabel*."

A BOCA, NO PAPEL

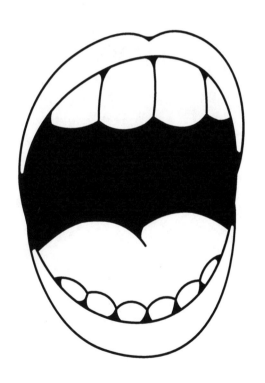

O garoto da vizinha me pediu que o ajudasse a fazer (a fazer, não, a completar) um trabalho escolar sobre a boca. Estava preocupado porque só conseguira escrever isto: "Pra que serve a boca? A boca serve para falar, gritar e cantar. Serve também pra comer, beber, beijar e morder. Eu acho que a boca é um barato." Queria que eu acrescentasse alguma coisa.

— Que coisa?

— Qualquer coisa, ué. Escrevi só quatro linhas, a professora vai bronquear.

— Mas em quatro linhas você disse o essencial. Para mim, só faltou dizer que a boca serve também para calar. Em boca fechada não entra mosquito.

— Isso não dá nem uma linha – e os olhos do garoto ficaram tristes. — Por favor, me ajude...

Então resolvi fazer a minha redação, como aluno ausente do Colégio Esperança, e passá-la ao coleguinha, a título de assessor de emergência.

A boca! Tanta coisa podemos falar sobre a boca, mas é sempre por ela que falamos dela. Até caneta e o lápis são uma espécie de boca para falar sobre a boca. Eles vão riscando e saem as palavras como se saíssem por via oral. (Risquei a expressão "por via oral". É muito sofisticada, ninguém vai acreditar que fui eu que escrevi. Mas foi sim.)

A boca é linda quando é de mulher que tem boca linda. Fora disso, nem sempre. A boca é muito rica de expressões, mas não se deve confundi-la com a chamada boca-rica (mordomia, negociatas, pregão de ações da Vale do Rio Doce aos milhões etc.). A boca de que estou falando, aliás, escrevendo, pode ser alegre, amarga, ameaçadora, sensual, deprimida, fria, sei lá o quê. Uma boca pode variar muito de expressão e mesmo não ter nenhuma. Uma das bocas mais gozadas que eu já vi foi a boca de chupar ovo, uma boquinha de nada, da minha tia Zuleica. Se fosse um pouquinho mais apertada, eu queria ver ela se alimentando – por onde? Mas esta boca está fora da moda, só aparece no jornal nos retratos das melindrosas de 1928, que faziam a boca ainda menor desenhando o contorno com o batom. Os lábios ficavam de fora, longe.

Estou lendo escondido as poesias de Gregório de Matos. Dizem que ele tinha o apelido de Boca do Inferno por causa dos negócios que escrevia e que eram infernais. Infernais no tempo dele, pois na rua e em toda parte já escutei coisas muito mais cabeludas, xii!...

Toquinho canta uma letra que fala em boca da noite, acho que ele queria falar no anoitecer. É bonito, mas não consigo imaginar essa boca na cara da noite. Sou mais a boca do dia, que não sei se alguém já teve ideia de falar nela, mas o amanhecer engolindo a escuridão da noite é mais legal que o anoitecer papando os restos do dia.

Boca por boca, não ando atrás da boca-livre, que aliás nunca passou perto de mim, e só um grupo consegue, os privilegiados. Se a boca fosse livre para todos, então a vida seria melhor. É a tal história: quanta gente fazendo boquinha pra conseguir o quê? Nada. E com quatro ou cinco bocas em casa pra sustentar.

Diz-se que o uso do cachimbo faz a boca torta, e eu pergunto: por que não botar o cachimbo ora no outro canto da boca, pro torto endireitar? Se o vatapá põe a gente de água na boca, me expliquem por que, depois de comer, o cara pede um copo d'água.

Gente que não admite discussão nem leva desaforo pra casa manda logo calar a boca. Mas já vi gente dando palmadinha na própria boca e dizendo: "Cala--te, boca." E ela obedece. Às vezes já é tarde, a boca disse uma besteira inconveniente, e o jeito é o cara se lastimar, com cara de missa de sétimo dia: "Ai, boca, que tal disseste!"

E assim, de boca em boca, vai correndo o dito maldito. Me disseram que um cara bom de discurso, palavreado fácil, como certos deputados e prefeitos por aí, merece o título de boca de ouro. Fala tão bonito que a gente vê barrinhas de ouro saltarem da língua dele. Mas é só de mentirinha. Esse ouro não melhora a sina do povo nem a nossa dívida externa, que é uma boca larga imensa, engolindo todas as reservas da gente. E contra essa história de inflação, custo de vida e tal e coisa, nem adianta mesmo botar a boca no trombone. Os de lá de cima fazem boca de siri – ou, senão, boca de defunto, porque, como advertia o saudoso Ponte Preta, siri, mesmo sem boca, já está falando.

E eu faço igual, além do mais porque já não estou em idade de fazer redação em colégio.

FONTES

"O segredo do cofre" e "A menininha e o gerente": *A bolsa & a vida*. Rio de Janeiro: Editora do Autor, 1962.

"Caso de escolha", "Na estrada" e "A outra senhora": *Cadeira de balanço*. Rio de Janeiro: José Olympio, 1966.

"No restaurante" e "Na delegacia": *O poder ultrajovem*. Rio de Janeiro: José Olympio, 1972.

"Serás Ministro": *De notícias & não notícias faz-se a crônica*: histórias, diálogos, divagações. Rio de Janeiro: José Olympio, 1974.

"Tareco, Badeco e os garotos" e "A boca, no papel": *Moça deitada na grama*. Rio de Janeiro: Record, 1987.

Carlos Drummond de Andrade

Drummond nasceu em Itabira, uma pequena cidade de Minas Gerais. Era o ano de 1902, dia 31 de outubro. Seu pai chamava-se Carlos de Paula Andrade e sua mãe, Julieta Augusta Drummond de Andrade.

O pequeno Carlos logo descobre a sedução das palavras e aprende como usá-las. No Grupo Escolar Coronel José Batista, seu primeiro colégio, os textos do menino-escritor já começam a receber os primeiros elogios.

Bem jovem, Drummond vai trabalhar como caixeiro numa casa comercial. Seu patrão lhe oferece um corte de casemira, presente valioso para o rapazinho que precocemente participava das reuniões do Grêmio Dramático e Literário Artur de Azevedo, e que nelas precisava comparecer mais elegante. Lá, ele recebe os primeiros convites para realizar conferências – um menino de 13 anos fazendo palestras sobre arte, literatura!

Aos 14 anos, Drummond vai para um internato em Belo Horizonte. No colégio Arnaldo, ele não termina o segundo período escolar porque, adoentado, é obrigado a voltar para Itabira. Para não perder o ano escolar, Carlos começa a ter aulas particulares. Muitas descobertas.

Em 1918, já restabelecido, Drummond novamente é matriculado num colégio interno – o Anchieta, na cidade de Nova Friburgo, onde seu talento com a palavra vai ficando cada dia mais evidente. Seu irmão Altivo, percebendo que o jovem precisava ser incentivado, publica o poema em prosa "Onda" no jornalzinho *Maio*, de Itabira. É o início.

A vida no internato não foi fácil para o jovem adolescente. Aos 17 anos, Carlos Drummond de Andrade se desentende com seu professor de Português. Exatamente ele, o jovem que nos certames literários do colégio, por sua maestria, era chamado de "general". A consequência deste incidente é a expulsão do colégio, por alegada "insubordinação mental", ao término do ano escolar de 1919.

Durante os anos de internato, Drummond descobre, referindo-se a Itabira e a seus aposentos no colégio, que "minha terra era livre, e meu quarto infinito" (trecho do poema "Fim da casa paterna").

Tristeza, saudades, solidão e rebeldia marcam este período.

E chega a hora negra de estudar.
Hora de viajar
rumo à sabedoria do colégio.

Além, muito além de mato e serra,
fica o internato sem doçura.
>(trecho do poema "Fim da casa paterna")

Comportei-me mal,
perdi o domingo.
Posso saber tudo
das ciências todas,
dar quinau em aula,
espantar a sábios
professores mil:
comportei-me mal,
não saio domingo.
>(trecho do poema "A norma e o domingo")

No ano de 1920, a família Drummond transfere-se para Belo Horizonte. A ida para a capital mineira abre novas portas para o adolescente. Seus primeiros trabalhos começam a ser publicados no *Diário de Minas*, na seção "Sociais", e ele se aproxima de escritores e políticos mineiros.

Dois anos depois, recebe um prêmio pelo conto "Joaquim do Telhado" e publica seus trabalhos no Rio de Janeiro. Em 1923, Drummond decide matricular-se na Escola de Odontologia e Farmácia de Belo Horizonte. O poeta, porém, jamais irá exercer a profissão de farmacêutico.

Ainda estudante, em 1925, Carlos Drummond se casa com Dolores Dutra de Morais e, formado, retorna a Itabira e leciona Geografia e Português no Ginásio Sul-Americano. No ano seguinte, recebe convite para trabalhar no jornal *Diário de Minas* como redator e decide retornar a Belo Horizonte. Em 1928, publica em São Paulo um poema que se transforma num escândalo literário:

No meio do caminho tinha uma pedra
tinha uma pedra no meio do caminho
tinha uma pedra
no meio do caminho tinha uma pedra.
  (trecho do poema "No meio do caminho")

Este ano de 1928 torna-se marcante para Drummond. Nasce sua filha Maria Julieta e o poeta vai trabalhar na Secretaria de Educação de Minas Gerais. Desta data em diante, Drummond ocupa vários cargos ligados às áreas de Educação e de Cultura dos governos de Minas e federal, trabalha nos principais jornais de Minas e do Rio de Janeiro e vai publicando suas poesias.

Em 1942, a Editora José Olympio edita *Poesias* e, durante 41 anos, até sua ida para a Editora Record em 1982, suas obras são publicadas com o selo da Editora JO. A fama chega e Drummond se torna um dos mais conhecidos autores brasileiros – seus textos são traduzidos e lidos em diferentes países.

No dia 5 de agosto de 1987 morre sua filha Maria Julieta; 12 dias depois, a 17 de agosto, falece o poeta.

Há um melhor caminho para conhecer Drummond: a leitura de suas poesias, crônicas e contos.

Este livro foi composto na tipografia Minion Pro,
em corpo 11/16, e impresso no Sistema Digital
Instant Duplex da Divisão Gráfica
da Distribuidora Record.